中国古代经典戏曲故事

◎ 主编 金开诚

◎ 编著 李玉娟

吉林文史出版社
吉林出版集团有限责任公司

**图书在版编目（CIP）数据**

中国古代戏曲故事经典 / 李玉娟编著 . 一长春：
吉林出版集团有限责任公司：吉林文史出版社，2010.11（2022.1 重印）
ISBN 978-7-5463-3976-4

Ⅰ.①中… Ⅱ.①李… Ⅲ.①戏剧文学 – 故事 – 作品
集 – 中国 – 古代 Ⅳ.① I242.7

中国版本图书馆 CIP 数据核字（2010）第 205561 号

# 中国古代戏曲故事经典

ZHONGGUO GUDAI XIQU GUSHI JINGDIAN

主编/ 金开诚　编著/李玉娟

项目负责/崔博华　责任编辑/崔博华　高原媛

责任校对/高原媛　装帧设计/柳甬泽　徐 研

出版发行/吉林文史出版社　吉林出版集团有限责任公司

地址/长春市人民大街4646号　邮编/130021

电话/0431-86037503　传真/0431-86037589

印刷 / 三河市金兆印刷装订有限公司

版次 /2010 年 11 月第 1 版　2022 年 1 月第 6 次印刷

开本/ 650mm×960mm　1/16

印张/9　字数/30千

书号/ISBN 978-7-5463-3976-4

定价/34.80元

# 前　言

　　文化是一种社会现象，是人类物质文明和精神文明有机融合的产物；同时又是一种历史现象，是社会的历史沉积。当今世界，随着经济全球化进程的加快，人们也越来越重视本民族的文化。我们只有加强对本民族文化的继承和创新，才能更好地弘扬民族精神，增强民族凝聚力。历史经验告诉我们，任何一个民族要想屹立于世界民族之林，必须具有自尊、自信、自强的民族意识。文化是维系一个民族生存和发展的强大动力。一个民族的存在依赖文化，文化的解体就是一个民族的消亡。

　　随着我国综合国力的日益强大，广大民众对重塑民族自尊心和自豪感的愿望日益迫切。作为民族大家庭中的一员，将源远流长、博大精深的中国文化继承并传播给广大群众，特别是青年一代，是我们出版人义不容辞的责任。

　　《中国文化知识读本》是由吉林文史出版社和吉林出版集团有限责任公司组织国内知名专家学者编写的一套旨在传播中华五千年优秀传统文化，提高全民文化修养的大型知识读本。该书在深入挖掘和整理中华优秀传统文化成果的同时，结合社会发展，注入了时代精神。书中优美生动的文字、简明通俗的语言、图文并茂的形式，把中国文化中的物态文化、制度文化、行为文化、精神文化等知识要点全面展示给读者。点点滴滴的文化知识仿佛颗颗繁星，组成了灿烂辉煌的中国文化的天穹。

　　希望本书能为弘扬中华五千年优秀传统文化、增强各民族团结、构建社会主义和谐社会尽一份绵薄之力，也坚信我们的中华民族一定能够早日实现伟大复兴！

# 目录

# 一、爱情婚姻故事

## （一）《西厢记》

唐贞元年间，有一户姓崔的人家。老爷是前朝的宰相，老爷和夫人膝下只有一女，取名为莺莺。崔莺莺生得美艳惊人，老爷和夫人视其为掌上明珠，宠爱有加。当莺莺长到十几岁时，老相国病逝了。崔家的家势一落千丈。老夫人与莺莺感受世态的炎凉，更是悲从中来。不久夫人带

女儿莺莺、丫鬟红娘和其他家丁，护送相
国灵柩回河北安葬。中途因道路有阻，于
是暂住在河中府普救寺中。

老夫人平日对女儿管教甚严，总是要
求她大门不出，二门不迈。因此莺莺也被
调教得知书达理、温柔贤淑。崔相国在世
时，就已将她许配给了老夫人的侄儿郑恒
为妻。在寺中，老夫人怕莺莺心情郁闷，
就让丫鬟红娘陪其去殿中烧香拜佛。莺

莺一进大殿，在场的人都被她的美貌惊呆了。忽然一人大呼："我死也。"此人正是洛阳书生张生，他赴京城赶考，路过河中府来看望同窗好友白马将军，顺便游览寺中景色，今日不想竟然看到如此美女，不禁失声大叫。莺莺循声回头望去，与张生火热的目光撞在一起，四目相对，莺莺娇羞地低下了头。张生魂不附体，语无伦次地向红娘介绍自己，莺莺与红娘含笑而去。

张生爱慕莺莺，便向寺中方丈打听莺莺的住处，知道莺莺住在西厢房。张生便与方丈借宿，也住进了西厢房，两人的住处只有一墙之隔。张生自从见了莺莺后，就开始茶饭不思，夜不能寐。一日，老夫人为亡夫做道场，道场内不准男子进入，张生硬着头皮溜了进去，与莺莺再次相见，张生不俗的外表和炙热的眼神触动了崔莺莺埋在心中的深情。张生从小和尚那里得知，莺莺小姐每晚都到后花园内烧香。在一个月朗风清的晚上，张生来到后花园内，偷看莺莺烧香。看到动情处，张生随即吟了一首诗："月色溶溶夜，花荫寂寂春。如何临皓魄，不见月中人？"来表达自己的爱意。莺莺听是张生的声音，也随即和了一首："兰闺久寂寞，无事度芳春。料得行吟者，应怜长叹人。"吐露自己的芳心。此时，张生的痴情打动了莺莺，崔莺莺也在心里深深爱上了张生。

本地有一个叛将叫孙飞虎，他听说了莺莺有倾国倾城之貌，便率领自己的五千兵马，将普救寺层层围住，限老夫人三日之内交出莺莺做他的压寨夫人，寺中所有人员都束手无策，

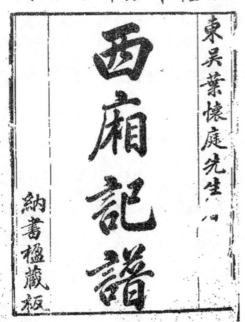

等待老夫人拿主意。老夫人希望侄儿郑
恒好好表现一番，没想到郑恒却吓得一
句话不说，于是老夫人扬言出去，谁能杀
退贼兵，就将小姐许配给他。张生挺身
而出，要救莺莺于危难。张生的结拜兄弟
白马将军杜确，是位武状元，统领十万大
军，镇守在离此不远的地方。张生先让红
娘用缓兵之计，稳住孙飞虎，然后写了一
封书信给杜确，让他派兵前来，打退孙飞

虎。三日后，杜确的救兵到来，一鼓作气打退了孙飞虎。

老夫人说出的话现在却又想反悔，没办法只好设宴酬谢张生，在宴席上竟让莺莺认张生做哥哥。莺莺的笑脸僵在了脸上，张生的脸上也失去了血色。宴席不欢而散。看到这些，丫鬟红娘心中气愤不已，她气老夫人不守信义，开始同情他们的爱情，于是热心正义的红娘私下里安排他们见面。红娘为张生出谋，让他月下弹琴表白自己的心思，莺莺听后动情不已，便叫红娘前去安慰。张生叫红娘带给莺莺一封信，书写自己的相思之苦，莺莺回信写道："待月西厢下，迎风半户开。隔墙花影动，疑是玉人来。"张生被突如其来的幸福冲昏了头脑，竟理解成跳墙过去约

会。当晚，张生赴约来到后花园里，他知
道莺莺就在墙后面，于是爬墙跳了过去，
看到莺莺一把搂到怀里。莺莺大惊，怕被
在角门把风的红娘看见，于是拿出大小姐
的架势训斥张生不礼貌。张生以为莺莺
不喜欢自己，回去就一病不起。红娘前来
探望张生，暗示夜里莺莺会来这里相会，
张生精神为之一振，相思病好了大半。深
夜，莺莺在红娘的掩护下，来到张生的住

处，与张生恩爱缠绵，私订了终身。

老夫人看莺莺这些日子神情恍惚，便怀疑她与张生有越轨行为。于是叫来红娘进行拷问，红娘无奈，只得如实说来。但机智的红娘用"以子之矛攻子之盾"的方法，拿起"信义"的大旗，摆出维护封建纲常和家族利益的样子，以冠冕堂皇的教条压住了老夫人。老夫人无奈，为了相国府的颜面只好自认晦气，又以相国府不要白衣女婿为由，为难张生必须取得功名，才能娶到莺莺。

在碧云天，黄叶地，北雁南飞的时
节，莺莺在十里长亭摆下筵席为张生送
行，再三叮咛张生此去不管结果如何，都
要尽早回来。张生不胜惆怅，发誓一定回
来迎娶莺莺，真心不变。两人在老夫人的
催促下挥泪告别。张生到京城用心应试，
果然考取了状元，连忙写信向莺莺报喜。
这时郑恒来到普救寺中，捏造谎言说张
生变了心，成了尚书的女婿。本来就希望
"亲上加亲"的老夫人听信谗言，再次赖
掉张生的婚事。恰巧郑恒与莺莺成亲之

日，张生以河中府尹的身份归来，白马将军杜确也来祝贺。真相大白后，郑恒羞愧难言，一头撞死。张生与莺莺历经曲折后终于结合，正应了那句"有情成眷属"。

## （二）《牡丹亭》

古时候的南安，有个太守叫杜宝，他有一个女儿叫杜丽娘。丽娘长到十六七岁时，已出落得貌美如花，再加上琴棋书画样样精通，所以父母很是钟爱。为使女儿成为知书达理的大家闺秀，杜宝特请来落第秀才陈最良，作为丽娘的老师，以伦理道德调教女儿，命丫鬟春香伴读。杜宝和夫人对杜丽娘管教颇为严厉，除了书房和绣楼，不许她迈出院落一步，只许春香陪伴左右，除父亲和老师外，不得与任

何男性接触。

老师陈最良是个迂腐的老儒生，对两个女孩子大讲《诗经》里面的"关关雎鸠"，作为圣贤之书，却遭到天真烂漫的春香的无情戏弄。无邪的春香到后花园采摘鲜花时，捕到了两只白蝴蝶，拿到绣房里，引得丽娘春情大发。在春香的带领下，丽娘来到了后花园游园观春。后花园里姹紫嫣红，百花争艳。春鸟之声不绝于耳，蜂飞蝶舞，挑动着春光。湖中碧波荡漾，鱼儿自在畅游。牡丹亭边，假山嶙

峋，草木青翠，好一派动人的春色啊！这
满园的春色使丽娘眼花缭乱，应接不暇，
天天困在绣楼的她，如今像一只逃出牢
笼的小鸟，飞翔在自由的天空中。春香回
房侍奉老夫人之时，丽娘倦倦地伏在牡
丹亭里悄悄地进入了梦乡。

梦中，从柳树后面，走出一位风流倜
傥的公子，手中拿着一枝柳枝。他说自己
叫柳梦梅，是柳宗元的后人。

柳梦梅满目含情，向杜丽
娘招手，丽娘欣然走过
去，梦梅告诉丽娘，在梦
中曾见过丽娘，今日如约前
来相见。丽娘满面羞涩，表示也似
曾相见。梦梅向丽娘赋诗一首，
表达爱慕之心，然后轻挽丽娘转
过芍药栏，来到假山石后。梦梅为
丽娘宽衣解带，丽娘半推半就，二人
云雨一番。花神见他们恩爱完毕，
便飞撒花瓣惊醒二人。梦梅飘然

而去，丽娘急唤梦梅，忽从梦中惊醒。春
香回到园中，见丽娘在牡丹亭内倦睡，满
面娇红，忙扶她进入绣楼。夫人知道此
事后，严厉训诫了丽娘，要她严守闺阁之
道，下令不准再到后花园去，并禁止春香
带小姐出房乱走。丽娘对梦中之事久久
不能忘怀，以焚香祷告为名，让春香带自
己重游花园，追寻梦中所见之人。可惜再
没有见到柳梦梅，致使杜丽娘思念过度，

从此一病不起。她在弥留之际要求母亲把她葬在花园的梅树下，并嘱咐春香将她的画像藏在太湖石底。丽娘死后，父亲杜宝升迁为淮扬安抚使，一家人便同去淮扬上任。临走，杜宝委托老师陈最良为女儿修建"梅花庵"，令石道姑在庵内主事，命陈最良在园中守坟。三年后，有岭南才子柳梦梅与其友相约到临安赴试。梦梅在路过南安时患上了伤寒，过独木桥时又不慎失足，落入水中，恰巧被路过的陈最良救起，并让其住进了梅花庵，在那里养病读书。

丽娘死后，鬼魂来到冥府，正值胡判官上任，欲收丽娘做妾，丽娘心中只有柳梦梅，不肯服从，胡判官便对其用刑，并把她关入枉死城中。柳梦梅伤寒痊愈后，来后花园散步，在假山石下拾到丽娘自画像，见画上题有诗句："他年得傍蟾宫客，不在梅边在柳边。"梦梅认出是梦中之人，便把画挂在书房里天天观看，思慕丽娘。梅花庵里的石道姑，又收了徒弟小尼姑。二尼为丽娘的鬼魂祭奠。冥府中，监察御史早已听说胡判官贪污受贿，便想在冥王前状告胡判官。但胡判官为冥王之妻弟，没有十足证据，不敢轻易揭发。正在这时，遇杜丽娘冤魂一案，御史想借此开刀，经过精心策划，就上书告发胡判官。御史在冥王面前极力称赞丽娘，聪慧善良，并说她是为情而死，堪称古今奇人。冥王心动，提审丽

娘，见丽娘果然气度不凡，查看生死簿，知丽娘阳寿未尽，便准其返回阳间。御史趁此机会说出胡判官贪赃枉法，强占民女之事，冥王赐给御史尚方宝剑，令其惩办胡判官的罪行。

丽娘接到冥王令牌，准许其到阳间探亲。丽娘鬼魂便回到南安杜府后花园，与心爱的梦梅在梦中多次约会，柳梦梅梦醒后，日夜观看丽娘的自画像，神情变得恍惚，而对丽娘的思念更甚。丽娘鬼魂知道后便来到梅花庵中，再次与梦梅在梦中相会，两人海誓山盟，结拜为夫妻，并行夫妻之礼。梅花庵中凡心大动的小尼姑，多次想与梦梅相会，但都被梦梅拒绝。而对梦梅早已有心的石道姑，更是百般提防小尼姑和梦梅单独接触。丽娘与梦梅每夜相会，欢声笑语，被小尼姑听到，误以为梦梅和石道姑相好。石道姑听到却误以为梦梅是和小尼姑相好，于是，二尼相互捉奸。冥府中，胡判官不死心，

无视御史的警告，千方百计想占有丽娘。他令小鬼向梦梅索命，想以此要挟丽娘从命。因此，本不该进冥府的梦梅，却被小鬼锁进了枉死城。丽娘闻知此事非常着急，只好将自己所藏积蓄，向胡判官行贿，换取梦梅阳寿。梦梅还阳后，遵丽娘嘱托，将丽娘墓掘开，开棺见丽娘尸体面目如生，灌了还魂汤后，丽娘还魂复活。

陈最良发现丽娘墓被盗，于是连夜赶往淮安报告杜宝。此时，金朝完颜亮欲南下夺取临安，封叛将李全为溜金王，作为内应。李全与妻子杨氏商计，先包围淮安再打扬州。淮安告急。杜宝奉命镇守淮安，让夫人与丫鬟春香乘船回临安。李全紧围淮安，杜宝带兵杀入城内，因兵力不足，陷入围困之中。陈最良到淮安城外被李全捉住，杨氏再设计谋，扬言杀掉了夫人和春香，然后放走陈最良，让他到淮安城内向杜宝报信。陈最良见到杜宝，向他报告夫人和春香被奸人杀害，丽娘坟墓

被书生柳梦梅偷盗。杜宝命陈最良返回李全营内，传达招安之意。陈最良带信给李全，李全接受招安撤军，淮安解围。

夫人和春香回到临安，兵荒马乱之中投宿旅店，巧遇丽娘和石道姑，母女相认，抱头痛哭，叙说别后之事。柳梦梅来到临安，考试日期已过，他在考场门前大哭求情。恰巧主考官是曾资助过他的钦差使臣苗舜宾，知其原因特许他参加考试。柳梦梅考试完毕，受丽娘之托，到淮安看望岳父杜宝，杜宝不认，并以盗墓贼罪

名将柳梦梅毒打一 顿，发配临安
府监候。陈最良因送 信有功，被
封为黄门奏使官，因金兵南侵，科举榜迟
发，现金兵已退，皇上下召发榜，柳梦梅
高中状元。报喜人不知新科状元柳梦梅

身在何处，带令寻找柳梦梅。杜宝因退金兵有功，官升平章。柳梦梅强认杜宝为岳父，并告其丽娘已经复活。杜宝不相信，继续拷打柳梦梅，并判罪。正在这时，柳梦梅的老乡带命官找来了，告知柳梦梅已是新科状元。杜宝则不服，要上告圣上，给柳梦梅治罪。丽娘和母亲也来面圣，万岁升朝，亲自审理杜柳之案。杜丽娘在朝堂之上时而情深一叙，时而慷慨陈词，把因情而死，为情而复生的爱恋讲述得楚楚动人，就连皇上也为之感动。于是皇上主婚，准柳梦梅和杜丽娘结为夫妇，令杜宝认女认婿。杜丽娘和柳梦梅二人终成眷属，一家人欢喜团圆，谢恩受封。

## （三）《柳毅传书》

唐时，陇西有个书生叫柳毅。一年他进京赴试，不幸落第。收拾东西准备返回湘滨老家。路过泾阳时要去拜访一位朋友，大约走了六七里，天色渐渐暗了下来，于是柳毅加快了步伐，匆忙赶路中看到有一个衣着破烂的牧羊女在路边哭泣。

柳毅感到奇怪，就上前询问原因。女子告诉他，自己是洞庭龙君的小女儿，父母把她嫁给了泾川龙王的二儿子。婚后，丈夫贪图享乐，淫逸无度，逐渐厌倦了她，公婆爱护儿子，也嫌弃她，于是就罚她到这里来牧羊。龙女说得肝肠寸断，让人万分同情。但洞庭离这里千里之遥，音信难通，她听说柳毅从此经过，就在此等候，希望他帮自己带封家书回去。柳毅听了龙女的遭遇早已气愤不已，恨不能立刻飞到洞庭送信但柳毅想到洞庭湖水深茫茫，自己一个凡人怎样才能把信送到。柳毅向龙女说出忧虑，龙女见柳毅答应自己的请求，心中万分感谢，哭着发誓如果自己能回到洞庭,一定会重谢恩人。随后告诉柳毅,在洞庭湖的南面,有一棵大橘树,乡人称之为社橘,只要把腰带解下系在树上,然后叩树三声,就会有人来迎接,随着进去,就会安全无事。龙女从腰间取出信,双手递与柳毅,柳毅把信放入行囊收好。说完,两人告别。柳毅行了数十步,回头再望龙女,发现龙女与羊群全都不见了。

柳毅拜访过朋友,与朋友匆匆告别。大约一个月后回到了家乡,于是拜访洞庭湖。见洞庭之南,果然有社橘,便按照龙女的嘱咐去做,一会儿见一武夫出现在碧波之中,柳毅向其说明来意。武夫揭水指路,引柳毅进入,他让柳毅闭上眼睛,柳毅照办,不时到达一宫中,只见台阁相向,门户万千,奇草珍木,无所不有。柳毅问这是什么地方,武夫告诉他是龙宫的灵虚殿。柳毅观赏之间,见一人披紫裳，执青玉而来。武夫告诉他这就是洞庭龙君，武夫上前通报。洞庭龙君知其来意后，与柳毅相互礼拜，并命柳毅坐于灵虚之下。柳毅将自己的身份和龙女的遭遇叙说一遍，然后取出书信献给龙王。龙王读完信，心疼女儿，用衣袖掩面哭泣，宫中之人听后也都失声痛哭。龙王急忙让宫人止住哭声，他怕弟弟钱塘君知道，其弟钱塘君性格暴虐，因触犯了天条，至今还在受罚之中。

龙王话没说完，只听一声巨响，顷刻间天崩地裂，云烟沸涌，只见一条赤龙长千余尺，电目雪舌，项擎金锁，锁牵玉柱，千雷万霆，激绕其身，霰雪雨雹，一时皆下，辟青云而去。龙王知是弟弟钱塘君已知此事，救其侄女去了。柳毅吓倒在地，龙王亲自扶起他，并安慰他不用害怕。

不多时宫中恢复了平静。

许久，柳毅神情才稳定

下来，便向龙王告辞。龙王极力挽留，争执之间，忽听一阵欢声笑语，柳毅循声望去，见千万红妆中，一曼妙身姿飘然而来，柳毅细看竟是泾阳路边牧羊的龙女。龙女见到柳毅若喜若悲，零泪如雨，在宫女的簇拥中进入后宫。

清光阁里，众水族来来往往，悬挂水晶宝珠，安排盛宴。席间又来了一位披紫衣，执青玉的人。龙王介绍说是弟弟钱塘君。钱塘君感谢柳毅搭救侄女，向柳毅敬酒，柳毅还礼。钱塘君非常高兴，因这次除恶有功，玉帝赦免了他的罪过，他对洞庭君说自己一怒杀了六十万虾兵蟹将，淹了八百里的庄稼，吃掉了那个无情郎。洞庭君怪他做事太鲁莽，杀害了无辜。但钱塘君不以为然。龙女来席上拜谢柳毅的传书之恩，感谢其正义君子，心中已有爱慕之意，但碍于情面，不敢明显表露。可叔叔钱塘君却看在了眼里。

宴饮完毕，钱塘君与柳毅从清光阁来到侧殿落座，钱塘君对柳毅说道："你传书洞庭，深恩岂可不报，如今将侄女许配与你，意下如何？"柳毅诚恳地回道："非是柳毅有违大王之意，想我身入龙宫，备受款待，已属大幸，怎敢再妄图报答？敬请大王收回成命。"钱塘君道："秀才你依了婚事，我与你同履云霄，永享神仙之乐。"柳毅道："小生一介凡夫，岂敢图神仙之乐，这婚事实难从命。"钱塘君误解了柳毅的意思，一时怒起。就开始威

胁柳毅，柳毅神情自若，仰天大笑，钱塘
君被其笑得奇怪，问其为何发笑，柳毅
侃侃而言道："我以为刚决明直，无过大
王。谁知你竟会说出这般无理之言。"钱
塘君一惊。柳毅又道："大王跨九州，攘
五岳，脱金锁，走蛟龙，纵有人间豪杰，
岂能与大王相比。"钱塘君脸上显出得
意之情。柳毅继而说道："谁知你竟为婚
姻，横加威胁，此岂英雄之所为？"钱塘
君一愣。柳毅又继续说道："柳毅传书洞
庭，无非出于义愤。若娶了公主，
岂非施恩图报？世人议论，
道我杀人之夫纳人
之妻，非为君
子，实乃小人
也。"钱塘君
被柳毅的一
番话弄得
词 穷 语
塞，向柳毅长

揖谢罪，柳毅回揖。柳毅怕家中老母盼望，希望拜别回家。洞庭君也不再强留，待明日为柳毅送行。

龙王送柳毅许多奇珍异宝，都被柳毅婉言谢绝，钱塘君知柳毅是真正的君子。龙女亲自为柳毅开路送行，洞庭岸边龙女向柳毅表白了自己的真心，并送一颗明珠以表深情。柳毅感其真情，诚恳地劝慰龙女，然后深深作揖，转身离去。

柳毅离去后，龙女日夜思念，于是变化成一位渔家女三姑，住在柳毅家附近，柳毅不在家，她就经常去帮柳毅的母亲做事，深得柳母的喜欢。柳毅风尘仆仆地回到家乡，见到三姑想起龙女来，不禁拿出龙女给的明珠来看。三姑施展法术知道了柳毅的心声，其实柳毅的心中也对龙女充满深情。龙女制造幻术，让柳毅得到龙女成婚的消息。柳毅再次来到洞庭龙宫，见到了龙女，但在龙宫也看到了三姑，方才知道三姑是龙女的化身，柳毅宛如大梦初醒。柳毅为龙女的痴情打动，向龙女吐露真心。继而湖中金钟齐鸣，仙乐风飘。只见万盏红灯的精致龙舟上，众仙女列队吹奏着笙箫。洞庭君、洞庭夫人及钱塘君站立船头，向柳毅和龙女颔首微笑。柳毅和龙女在湖滨频频拜送。龙舟在白浪中缓缓远行，渐没入烟雾之中。后人有诗云："秀才传书解倒悬，龙女化身成美眷。多情多义传佳话，世间争唱柳毅传。"

二、社会伦理故事

## （一）《琵琶记》

汉代有个书生叫蔡伯喈，父母年龄都已经很大了，为他娶了一个漂亮妻子，叫赵五娘。婚后夫妻两人相敬如宾，非常恩爱。公婆见五娘温柔贤惠，也甚是喜爱。不久，蔡伯喈的父母八十岁寿辰到了，伯喈便与五娘为父母安排寿宴，祝父母健康长寿。宴席上父亲听说朝廷要开科取士，便要求伯喈去考取功名。伯喈认为父

母年事已高，需要照料，应该留在家中服侍父母，不想去应举。但是蔡公不同意，拿忠孝两全来训诫儿子，逼着伯喈去应举，在邻居张大公的劝说下，伯喈只好听从父命，告别新婚不久的妻子赴京应试。临行，他嘱托妻子在家好好照顾公婆。

　　伯喈一路上日日思念亲人，很是感伤。到达京城，思念更甚，只盼望早日考完返回家中。应举之日，伯喈连连通过了第一场的做对，第二场的猜谜，第三场的唱曲。主考官大为赏识，就取了伯喈为头名状元。伯喈只得在京等待任命。京城有位牛丞相，府上有一小姐，生得国色天香、知书达理、聪慧过人，被丞相视为掌上明珠。如今待字闺中，为牛小姐说媒的人络绎不绝，牛丞相却为寻不着佳婿而日日发愁。

　　伯喈自从离开家后，便与家中失去联系。五娘独自打理家中事务。她听从丈夫的嘱托，对公婆尽心竭力，朝夕奉养。对伯喈的思念也与日俱增，心中的深情更是无处诉说。蔡伯喈作为新科状元，被皇上邀请至杏园赴宴，伯喈骑马游街完毕，来到宴饮处，但见珠帘高卷，绣幕低垂。美味佳肴，葡萄玉液，一应俱全。正是："琼林胜处风光好，别是人间一洞天。"席上，皇帝见伯喈风流倜傥，才华横溢，与牛小姐正是才子佳人，天生一对。随后传旨让伯喈入赘丞相府，牛丞相也正有此意，忙派官媒婆去状元处说亲。伯喈如今留在京城，不知父母安好，不知妻室怎样，想上表辞官，但不知圣意如何，心中闷闷不乐。媒婆的到来更让伯喈愁肠满腹。伯喈面对皇帝与丞相的权势，反抗无效，只得留京做官，入赘丞相府。

不久，伯喈的家乡遭受了旱灾，颗粒无收，乡人纷纷饿死。伯喈父母因思念伯喈而争吵不休，恨儿子一去无回，五娘就劝慰公婆。家里粮食所剩无几，五娘为让公婆吃上米饭，就典当自己的衣服首饰，听说官府放粮济贫，五娘便去领取稻米，救

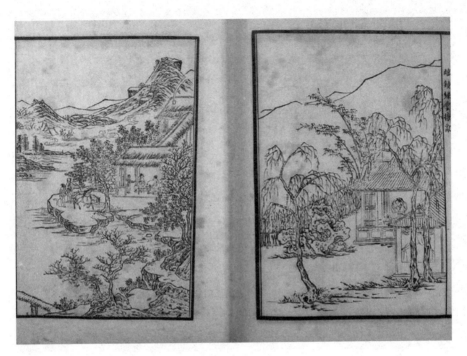

公婆的性命，不想半路被抢。饥荒越来越严重，五娘做的饭食也越来越差，婆婆怀疑她在背后偷吃了好东西，心生埋怨，对五娘指责谩骂。五娘其实一直在吃糠咽菜，但不敢让公婆知道，只有背地里抹泪哭泣。五娘吃糠咽菜，变得面黄肌瘦。一日，婆婆在厨房看到了五娘吃剩的半碗糠，才知冤枉了儿媳，婆婆羞愧难当，痛悔过甚，不久就去世了。公公遭受打击，一病不起，五娘喂汤喂药，日夜服侍左

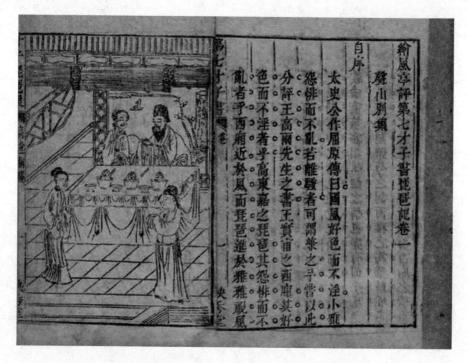

右，但公公不久也去世了。

伯喈自入赘牛府后，终日思念父母。便给家里写信，不料被一个扮作家乡人的拐儿骗走家书，拐儿拿到家书附带的金银逃跑，导致伯喈与家中音信不通。婆婆死时，是张太公周济葬了婆婆。如今公公又没了，五娘不想连累张太公，便剪下满头长发，希望卖些钱财为公公送终。五娘在街上艰难叫卖，被张太公碰着，太公收下头发，帮助其埋葬了蔡公。

五娘用罗裙包土，为公婆筑造好坟台。张
太公见五娘孤苦伶仃，就把她接到了自
己家中。伯喈自送信人走后，家人迟迟不
来音信，心中万分沮丧。一日，在书房弹
琴抒发幽思，被牛小姐听见，牛小姐再三
探问，伯喈才说出实情，牛小姐责怪伯喈
既结为夫妻，不该对其隐瞒。伯喈是因担
心丞相阻拦，才迟迟不说，牛小姐安慰丈
夫，说她自有办法，不必忧虑。牛小姐告

诉父亲，伯喈娶妻两月，即赴科场，如今别亲三五年，竟无消息。今欲归故里，要带自己同行，回家共事高堂，尽子道妇道之礼。牛丞相不同意，牛小姐就拿出伦理纲常来劝说父亲。牛丞相疼爱女儿，见女儿说得也合情合理，便派下人李旺接伯喈的父母和家中妻子来京城居住，避免女儿的路途跋涉之苦。

五娘在张太公的帮助下亲手绘成公婆的遗容，身背琵琶，沿路弹唱乞食，来京城寻夫。来到京城，五娘衣衫褴褛，蓬头垢面,正好遇弥陀寺大法会,便往寺中募化求食,来到寺中将公婆真容供于佛前。恰巧伯喈也来寺中烧香,祈祷父母路上平安。见到佛前父母真容,不知何人放此,便拿回府中挂在了自己的书房内。五娘在京城听说丈夫早已入赘牛府,便扮作道姑,寻至牛府。牛小姐让下人把道姑请进府中,五娘见牛氏温文尔雅,有大家风范,便把自己的一切告诉了她。牛小姐非常尊敬五娘,认五娘做了姐姐,并为五娘改换衣装,梳洗打扮,希望伯喈能认出五娘。牛小姐知道伯喈挂在书房的是公婆的遗容后,便趁伯喈不在时,带五娘来书房,让五娘在遗容背后题了几句诗。伯喈回房,看到题诗,觉着熟悉,便叫来牛氏询问,牛氏带着五娘进来。伯喈见到五娘百感交集,五娘将他离去后的家中变故述说一番,伯喈听后痛哭流涕,遂与五娘相认。

张太公自五娘离开后,就帮着看守

蔡公、蔡婆的坟墓。一日，见有使者来请伯喈父母，便告知二老已经去世，五娘已进京寻夫。使者忙回京报告。伯喈即刻上表辞官，回乡守孝。牛小姐也要跟随回乡服孝，牛丞相心疼女儿，不肯答应，但牛小姐以理服人，父母只得遂其所愿，蔡伯喈拜辞岳丈，领着五娘与牛氏同归故里，共行孝道。答应待服满之后，再来侍奉岳父岳母。

李旺回到牛府，告诉牛丞相蔡氏一家的情况，并被五娘的孝心感动，遂去朝廷上表，启奏蔡氏一门孝道。伯喈带领妻子来到家乡，在父母坟前恸哭无声，悔恨不已，正是："树欲静而风不止，子欲养而亲不待。"蔡伯喈见到守墓的张太公，感谢他的大恩大德，并登门拜访。皇帝听了李旺的奏表，被蔡氏一家的事迹深深感动，为让后人做榜样，便下诏，旌表蔡氏一门。

### （二）《救风尘》

汴梁歌妓宋引章，生得风姿卓越，美丽单纯。与洛阳秀才安秀实相识，两人一见钟情，定下婚约。郑州人氏周舍，是个纨绔子弟，他长年混迹于秦楼楚馆，做尽了坏事。他也看上了歌妓宋引章，为了把宋引章弄到手，周舍不惜花大量钱财，整日跟在引章后面，嘘寒问暖，百般殷勤。引章想自己应趁着风华正茂，尽快跳出火坑。周舍对自己如此关爱，况且家中又有钱财，不如尽早嫁给他，于是推掉与安秀才的婚约，忙着嫁给周舍。

宋引章有个结拜姐妹叫赵盼儿，赵盼儿为人正直，阅历深广，机敏聪慧，是引章的好姐妹。安秀才知引章受周舍蒙骗，才与自己解约，便去与赵盼儿商议，让赵盼儿帮着劝一劝引章。赵盼儿让安秀才少安毋躁，自己前去劝劝引章，让秀才回去等信。赵盼儿来到宋引章居处，见引章忙着收拾东西，便笑问道："妹妹，这是忙着到哪里探亲啊？"引章回道："我不是探亲，是去嫁人。"赵盼儿嬉笑道："我正来为你保亲。"引章忙问道："姐姐为我保谁？"赵盼儿回道："安秀才啊！"引章不高兴道："我不嫁安秀才，嫁给他没有出头之日，我要嫁给周舍，将来给我立个妇名。"赵盼儿见宋引章说得决绝，就劝其三思而后行，不必操之过急。引章不听劝说，还是忙着收拾。赵盼儿便问道："你为什么嫁周舍？"引章说道："夏天他为我打扇子，冬天他为我温铺盖儿。我出门办事，穿哪一副衣服，戴哪一副头面，他都替我提领系，整钗环。就为他如此知重我，也应嫁给他。"赵盼儿听引章因这嫁给周舍，不禁哈哈大笑，

说道："周舍这种人就会演戏，欺骗妇
女，现在对你百般恩爱，一旦娶回家中，
就不是现在的样子了，你不听劝告，可不
要后悔。"引章道："就是以后死掉，我也
不会来央求你的。"赵盼儿见宋引章已被
周舍完全迷惑，便不再浪费口舌。这时，
周舍刚好来接宋引章，周舍见赵盼儿长
得标致不俗，便来献殷勤，赵盼儿把他奚
落一番，起身返回。引章与母亲辞别，坐
上轿子与周舍同回了郑州老家。安秀才见

引章已嫁周舍，便要去应举，赵盼儿不让他离去，让他等上一段时间再说。

宋引章跟周舍来到郑州，刚回到家中，周舍便将门关上，不问青红皂白，把她毒打一顿。周舍凶恶的样子，简直跟婚前判若两人。引章尽心服侍周舍，周舍稍有不如意，便对引章拳打脚踢。宋引章惨遭虐待，才真正认识了周舍这个人渣。不信好人言，必有恓惶事。引章现在后悔莫及，只能整日以泪洗面。一日，周舍又来打她，打累了便出去喝酒，扬言回来还要打她。引章知隔壁有个王货郎，听说他要去汴梁做买卖，便立刻写了一封家书，让其带给母亲和赵家姐姐，让她们快来解

救自己。若来迟了，可能自己就被打死了。

王货郎把信带给了宋引章的母亲，宋母见信，痛哭流涕，忙去找赵盼儿商议，赵盼儿感同身受，不计前嫌，马上筹划搭救引章妹妹。她深知周舍是个好色之徒，必须利用其好色的弱点去攻克其顽劣的本性。赵盼儿忙带上一些美食、美酒和绫罗绸缎坐轿赶往郑州。赵盼儿到达客店，精心打扮一番，带上东西去见周舍，扬言让周舍休了宋引章，自己要嫁周舍。周舍十分狡猾，他见赵盼儿不请自来，便戒心十足。但赵盼儿风情万种，略施心机，就把周舍这个风月老手迷得神魂颠倒。周舍固然对"自投罗网"的赵盼儿有非分之想，但也清楚不会凭空捡到便宜，他怕万一听信了赵盼儿的话，休了宋引章，到头来鸡飞蛋打，一个也捞不着，于是步步设防。赵盼儿私下与引章商议好，上演一场争风吃醋的大戏。赵盼儿在周舍面前大说宋引章的坏话，并说当初劝她嫁给安秀才，就是为了自己能嫁给周舍，没能劝说成功，对引章十分嫉恨。赵盼儿说时与周舍眉目传情，周舍动手动脚，赵盼儿攻守自如，把周舍弄得欲罢不能，像沾了腥的猫，想吃又吃不着，吊足了他的胃口。宋引章在家里也不消停，一边叫骂赵盼儿，一边让周舍不要抛弃自己，对周舍大哭大闹。周舍早就烦透了她，如今见赵盼儿有情于自己，就动了休她的念头。赵盼儿在周舍面前发誓赌咒，周舍终于被折服，慢慢打消了戒心。周舍已到了忘乎所以的境地，便一怒之下，一纸休书休了宋引章。

宋引章忙带着休书去找赵盼儿，赵盼儿快速收拾东西，与宋引章坐上车返回汴梁。在车上赵盼儿把休书放好，又依样写了一封假休书。引章不知何意，赵盼儿说她自有用处。周舍休了宋引章，就去客店迎娶赵盼儿。来到客店才知赵盼儿已回汴梁，周舍发现上当，立刻骑马去追。途中追上了赵盼儿和宋引章，周舍拦住去路，对宋引章说道："你要去哪里，你是我老婆。"宋引章道："你已经休了我，休书在这里。"周舍忙说道："你那休书上只印了四个指头的手印，不能算休书。"引章取开来看，周舍一把夺了过去，连忙撕得粉碎。奸笑道："休书已被我撕掉，你还是我的老婆。"周舍对赵盼儿恨得咬牙切齿，如今休书已被自己毁掉，没有什么顾虑，

要和赵盼儿回去见官，状告赵盼儿诱拐妇女。赵盼儿与宋引章欣然前往。

在公堂上，赵盼儿说宋引章是有丈夫的，她是被周舍霸占为妻的，如今又写了休书。大人问道："休书在哪里？宋引章的丈夫又在哪里？"赵盼儿不紧不慢地拿出真的休书，让大人查看，并派人去汴梁把安秀才请来，安秀才对宋引章痴情不改，便上堂作证。大人说道："周舍，她是有丈夫的。你怎么还赖是你的老婆，这桩事我清楚了，若不看你父亲面上，就送你去问罪。你们一行人听我下断：周舍杖打六十大板，宋引章仍归安秀才为妻，赵盼儿等无事回家。"周舍后悔不已，都怪自己贪心，才有今日悲惨下场。从此，赵盼儿风月救风尘的故事被人们流传开来。

### （三）《看钱奴》

古时候的汴梁曹州地，有一个叫周荣

祖的秀才。他的祖上家财万贯，祖父是一个敬佛的人，并盖起一所佛院，每日看经念佛，祈保平安。但他的父亲不信佛，对佛大为不敬，拆毁了自家的佛院。后来，他的父亲就得了一场病，百般医治无效，很快就死了。从此，周荣祖掌管了家私。周荣祖满腹经书，欲走仕途之路。一年逢皇榜招贤，开放选场。他便携妻子与儿子长寿进京应试，将携带不走的祖财埋在了房屋后面的墙下。

此地有一个叫贾仁的光棍，他自幼

父母双亡。长大后，每天挑土筑墙，和泥托坯，担水运浆，做雇工艰辛度日，晚上就在破瓦窑中安身，日子过得十分穷苦。人们都称他穷贾儿。他心中愤愤不平，就常去神庙中怨天尤人，说神明不怜悯他。一日，他替人家打一堵墙，又去庙中对神明诉说自己的苦楚，不知不觉在庙中睡着了。神明有好生之德，就给了他一些暗示。在梦中把曹南曹家庄上一户人家的福力借给他二十年，待到二十年后，要还给那本主。贾仁正梦想着做财主的风光时，猛然醒来，道是南柯一梦。想起未打的一半墙，就晃悠着去打墙。

自周荣祖携妻儿应举之后，便时运不济，命途多舛。落榜归来，不想埋在墙下的祖财也被人

盗走，从此衣食难保。在一个大雪天，不得不把儿子卖给一个姓贾的财主。这个财主就是先前的贾仁，自从那天他给人家打墙，刨出一石槽金银来，趁别人不知道，都悄悄搬运到家里，便盖起房廊、屋舍、解典库、磨坊、油坊、酒坊等，如今是大富大贵起来。娶了妻子也好几年，就是没有一儿半女。他平日惜钱如命，悭吝无比，谁要是向他借一贯钱，就如同挑了他的一条筋，人们如今又都叫他悭贾儿。他的解典库里有一个门管先生，叫做陈德甫，替他家收钱举债，贾仁想让他为自家寻一个儿女来。

这日，大雪纷飞，周荣祖一家三口饥寒交迫地赶路，见前面有个酒馆，就躲进去避雪。店小二善良仁慈，舍给他们每人一碗酒吃，见小孩长寿冻得瑟瑟发抖，命不保夕，就劝说他将孩子送给别人，留个活命。周荣祖夫妇也没更好的办法，就同意了。店小二忙去找管家陈德甫来，陈德甫又去通知贾仁。贾仁看了长寿，相中了小孩，但他吝啬无比，买孩子也不想出一分钱。就在立下的文书上耍赖，在文书的最后写道：如有反悔之人，罚宝钞一千贯与不反悔之人。唯独不提买孩子的正钱是多少。周荣祖知道他是财主，又加上陈德甫作保就立了文书。哪知贾

仁把孩子带走后，也不给送钱来。周荣祖
托陈德甫去要钱，谁知贾仁只给区区一贯
钱。周荣祖不同意，要讨回儿子。贾仁就
拿出立下的文书，表示想要回孩子，周荣
祖就得罚一千贯，他明知道周荣祖拿不
出钱来。管家陈德甫看贾仁一毛不拔，又
见周家夫妇可怜，就预支自己两个月的饭
钱，强向贾仁讨出两贯，共凑了四贯给了
周荣祖夫妇。夫妇二人感谢了陈德甫后，
抹泪离去。贾悭吝见陈德甫打发走了周荣

祖夫妇，得到了长寿，心里十分高兴，就下狠心赏管家陈德甫吃了个烧饼。

转眼二十年过去，小长寿已长大成人。与父亲贾仁不同，长寿是花钱如流水，只可惜父亲这个悭吝鬼看得紧，不能花得快活。一日，贾仁卧床不起，长寿去侍奉。得知父亲的病是因气而起。事情的经过是这样的，那天贾员外想吃烧鸭，走在街上，见一个店里正在烧鸭子，油汪汪的肥鸭子把贾员外馋得直流口水。但这个悭吝鬼怎会舍得买，于是假装买鸭子，在鸭子上狠狠捏了一把，恰好五个指头都沾满了油水。员外回到家里吃一碗饭咂一个手指头，四碗饭咂了四个指头，一会瞌睡上来，就在板凳上睡着了，被狗舔了剩下的一个手指，员外气不过，就得了病。员外病得很严重，又想吃豆腐，就让儿子去买一个钱的豆腐，儿子说："一个钱只够买半块豆腐，怎够吃？"员外只好叫儿子买十文钱的豆腐。儿子买回豆腐说："别人只有五文钱的豆腐了，欠了五文，改日再讨。"员外一听，忙对儿子说："寄着五文，你可问他姓什么？左邻是谁？右邻是谁？"儿子说："问他邻舍怎的？"员外说："假使他搬走了，我这五文钱问谁讨？"儿子被父亲弄得哭笑不得。儿子要为员外画一轴喜神，好让子孙后代供养着。员外对儿子说："画喜神时不要画前面，要画背面。"儿子说：

"父亲，你说错了，画前面才是，可怎么能画背身？"员外说："你哪里知道，画匠开光明，又要喜钱。"儿子无奈地说："父亲，你也太会算计了吧。"员外知道自己活不了几天了，问儿子："你可怎么发送我？"儿子说："我要给你买一个好杉木棺材。"员外忙说："我的儿，不要买，杉木价高，我已经是死了的人，晓得什么杉木、柳木！我后门有个喂马槽，尽好发送了。"儿子说："那马槽短，你偌大一个身子，装不下。"

员外道："槽短，要我这身子短，可也容易。使斧子把我这身子拦腰剁成两段，折叠着，不就装下了！我的儿，那时不要用自家的斧子，借别人家的斧子剁。"儿子道："父亲，家里有斧子，为什么向人家借？"员外道："你哪里知道，我的骨头硬，若使咱家的斧子剁卷了刃，又得几文钢钱。"儿子要上庙给贾员外烧香，便向父亲要香火钱，员外先是不让儿子去，怎奈儿子早已许了香愿，就狠心给了儿子一贯钱，儿子再三请求要出了三贯香火钱来。儿子临走，他还不忘提醒记得讨回那五文的豆腐钱。

儿子长寿来到了泰安州庙里上香，天色已晚，便找地方休息，见一干净处有两个叫花子，于是把两个年老的叫花赶走，占用了干净处。长寿烧完香回到家中，父亲已死，办完了丧事就去看望陈德甫叔叔。陈德甫这二十年来一直在贾家做事，如今老员外已亡逝，自己也变得精神老惫，只得辞了管家，开一个小小的药铺过活，施舍些医药，普济穷人。这天他早早地开了店门，刚好有个贫苦的老人来求药，说老伴心口疼得厉害，陈德甫施舍

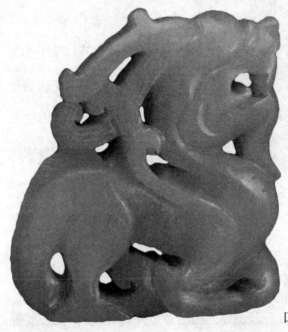

了他一服药，让他给自己传个名就行，于是就说自己叫陈德甫。老人听着名字熟悉，回去和老伴一说，想起此人正是当年买他们长寿的保人。老两口于是登门拜访，向陈德甫说出他们就是周秀才一家，陈德甫仔细辨认，确实不假。恰巧长寿来探望，于是陈德甫就把长寿的身世说了出来。谁知两位老人正是长寿在泰安州上香时赶走的叫花子，两位老人怒气冲天，要去官府告长寿。长寿害怕就拿出一匣金银送给二老，买个平安。二老收下金银，只见银子上凿着"周奉记"，才知是自家祖上的财宝。遂与儿子长寿相认，然后一家三口欢天喜地到泰安州去回香。而贾仁这个守钱奴给周家守了二十年的家财，二十年后终究原本奉还。

三、历史演义故事

## （一）《汉宫秋》

我国历史上的汉代时期，生活在北方的一个游牧民族匈奴逐渐变得强大起来，他们经常骚扰中原边境。汉代的皇帝为了维护安定局面，便与匈奴王多次进行"和亲"。

汉元帝时，皇帝贪图享乐，整天过着歌舞升平的生活，对朝政不太用心。朝中

大臣也纷纷效仿，只注重自己享受，对国家社稷不尽心尽力。元帝身边有一个画师，叫毛延寿，此人奸诈贪财，是个十足的小人。他奉行的做人格言就是：生前只要有钱财，死后哪管人唾骂。他知道元帝喜欢美女，就给元帝出主意，让他到民间为皇帝挑选美女。汉元帝同意了，并颁了一道圣旨给他。毛延寿领着元帝的圣旨，跑遍全国上下，挑选美女。

　　一日，毛延寿来到了成都秭归县，选中了一个叫王昭君的女子。王昭君虽长在穷苦人家，却生得光彩照人，十分漂亮，是难得的绝色美女。毛延寿又想敲诈一笔，扬言只要王家拿出一百两黄金，就把昭君选为第一美女。昭君非常气愤，她相信自己的美丽，坚决不贿赂毛延寿。毛延寿没得到钱，十分恼怒。他眼珠一转，计上心来：我要在她的美人图上点上一个大痣，破了她的相，皇帝看了不高兴，一定会把她打入冷宫，这样让她受苦一辈子。他冷笑了几声，把昭君选了进去。

毛延寿带着画像回到宫中，拿给汉元帝看，元帝看了许多美人图，虽然觉得挺漂亮，但总觉得缺点什么。当他看到昭君的画像时，立刻被画中人的美貌吸引住了，凝视了好久才发现美女的眼睛下有一颗黑痣。忽觉得美貌大打折扣，又认为这是不吉利的象征，心中感到十分惋惜，他想放弃昭君，但又舍不得，于是就把昭君选入了冷宫。选入冷宫的昭君便在宫中过着凄苦的生活。

其实，毛延寿为汉元帝选来的并不是什么美女，他为了收钱，把许多长得不漂亮，却送钱多的女子都画得非常漂亮。元帝过了不长时间，就对那些娘娘们厌恶了，他觉得没有一个人理解他，因此感到非常寂寞。一天晚上，月朗风

清。元帝心情沉闷，便带着几个侍从在西宫附近散心。西宫传出的一曲琵琶声打破了夜的宁静，元帝侧耳倾听，被这幽怨与寂寥的音符触到了心底的情思，不禁问道："是谁在此弹曲？"侍从连忙要去通报，元帝忙嘱咐不要惊了弹曲人。不时，侍从带了一女子前来，借着月光，汉元帝

看到一张美艳惊人的脸庞，此人正是王昭君。元帝问道："你长得如此出众，是谁家女子？"昭君慢声细语地答道："妾姓王，名嫱，字昭君，成都秭归县人。父亲王长者，祖父以来，以务农为业，平民百姓，不知道帝王家的礼度。"元帝又迫不及待地问："这等漂亮，为何被打入冷宫？"昭君说道："当初选时，毛延寿索要金银，妾家贫寒，无钱给他，他故意在妾眼下点上黑痣，因此发入冷宫。"元帝脑中有些印象，忙让侍从去取昭君的美人图来，两者一对果真如此。元帝心中十分生气，传旨要捉拿毛延寿斩首。

毛延寿在宫中一听说元帝在听昭君弹琵琶，感到大事不妙，赶忙画了一幅传神的昭君像，连夜投奔匈奴去了。毛延寿自称是汉朝来的大臣，见到了呼韩邪单于。单于问道："你是什么人？"毛延寿满脸堆笑地说道："我是元帝的画师毛延寿，在我汉朝的后宫里有一个美人叫王昭君，美貌绝色。先前大王派使臣索要公主时，那昭君就情愿请行。因元帝舍不得，才没有来，我再三苦劝，说：'岂可重女色，失两国之好？'汉主倒要杀我，我因此带来了这美人画像献与大王。大王可按图索要，必然可得。"毛延寿打开美人图给单于看，单于惊呼道："世间哪有如

此女子！若得她做夫人，死而无憾。现在
我就派人前往，写信给汉天子，求索王昭
君，与我和亲，若不肯给，不久就率兵南
侵，让他江山难保。"毛延寿奸计又一次
得逞，留在了单于的身边。

汉元帝自从见了昭君，对昭君是宠爱
有加，并将她封为明妃。昭君对元帝也是
情意绵长。一日，早朝过后，忽有人来报
说，匈奴派使臣索要昭君和亲。元帝知道
是毛延寿所为，气愤不已，忙召集文武百

官商议对策。岂知满朝文武都是怯弱自私之人，为了自身安危，没有人敢与匈奴开战，寻找各种理由劝说元帝送昭君去和亲。他们把昭君比作祸国殃民的苏妲己，又说汉朝兵甲不利，无猛将与匈奴相持，一旦失败，后果严重。元帝感到十分心痛，想着自己空掌着文武三千队，中原四百州，怎知千军易得，一将难求，连一个爱妃都救不得。于是对着百官大声疾呼："若如此，以后也不用文武，只凭佳人便平定天下了！"百官鸦雀无声。失魂落魄的元帝来到昭君的宫中，对昭君说出自己的无奈。昭君沉默了，她想了一会说道："妾既蒙皇上厚恩，当效一死，以报皇上。妾情愿和亲，以息刀兵，救天下百姓，亦可留名青史。"

呼韩邪单于很快带大队人马来接昭君入塞。只见那天的昭君，头戴翠羽冠，身披香罗绶，做了锦蒙头暖帽，珠珞缝貂裘，消瘦了的脸上更多了几分妩媚。元帝来为昭君送别，久久不忍分离。他目送昭君远去，方回宫中。单于带着昭君一路北行，行到汉与匈奴交界的黑江时，昭君要到江边祭奠一下故国。昭君哭祭完毕，纵身跳入了黑江。单于惊救不及，心中大为遗憾，可惜了这么一个美人。就把昭君葬在了江边，号为青冢。单

于知道上了毛延寿的当，立刻带领人马回国，要捉拿毛延寿送与汉朝处置。

汉元帝自从昭君出塞后，思念不已，每日看着昭君的画像发呆。一日，困顿睡去，见到了昭君来看自己，又忽然离去，一急醒来，方知是梦。忽有人来报说："匈奴使臣绑毛延寿来，说因毛叛国败盟，致此祸衅。今昭君已死，愿两国讲和。"元帝悲痛万分，下令处死了毛延寿，以此来祭奠美丽勇敢的王昭君。

## （二）《赵氏孤儿》

春秋时期，晋灵公昏聩不君。朝中大奸臣屠岸贾掌权。屠岸贾心胸狭窄，残暴狠毒。他与忠臣赵盾不和，赵盾总是劝其改邪归正，屠岸贾不但不听，反而怀恨在心，找时机要害死赵盾。一天，屠岸贾在晋灵公面前指责赵盾要谋反作乱。晋灵公信以为真，下令把赵盾满门抄斩。赵盾的儿媳因是公主才幸免于难，儿子驸马也被迫自杀。

公主被幽禁在宫中，已经怀有身孕。屠岸贾派人日夜守在皇宫门口，等婴儿出生满月后将其杀死，对赵家斩草除根。不久，公主生下一男婴。因为这个男婴是遗腹子，所以公主给他取名为赵氏孤儿。公主身为赵家的儿媳，知道这个孤儿对于赵家的意义有多大，等到孤儿满月，她让贴身丫鬟暗中给赵家的门客程婴送信。程婴假装给公主看病，带着药箱秘密来到宫中，程婴看到了弱小的赵氏孤儿，心中甚是凄凉。公主抱起儿子满眼泪水请求程婴救救小儿。程婴有感于赵家对自己的恩情，答应

好好照顾赵氏孤儿。程婴把睡着的孤儿放在带来的药箱里，然后告别公主离去。公主没有了丈夫，儿子也已经有了托付，心中没有了牵挂，毅然悬梁自尽。

程婴抱着放婴儿的药箱，大步走到宫门口，只希望婴儿不要醒来。此时，一个守门的将军韩厥叫住了他，程婴心中一惊，但很快就稳住心绪，和颜悦色地问韩厥有什么事，韩厥说道："屠岸贾大人有令，只搜出府的。见婴儿格杀勿论，本将军为了例行公事，还是要搜一搜您的

药箱！"程婴浑身直冒冷汗，心想："我死事小，赵氏孤儿死了，赵氏家族可就完了呀！"程婴把药箱抱得更紧了，韩厥更觉可疑，抢过药箱，打开盖子，"啊，一个婴儿！"韩厥继而说道，"程婴，你好大的胆子哇！"程婴心想："完了，一切都完了。"韩厥举剑要刺向婴儿，程婴大叫："将军啊，听我把话说完，再杀不迟啊！"程婴把事情的经过和婴儿的来历告诉了韩厥，韩厥听后大受感动，痛恨屠岸贾害死了忠臣，于是答应放了孤儿和程婴。程婴抱上药箱急忙离去，韩厥知道屠岸贾一定会怪罪下来，于是拔剑自刎。

屠岸贾很快知道了赵氏孤儿被带出宫的消息。为了搜出赵氏孤儿，假传晋灵公之命，三日之内不交出赵氏孤儿，就将全国半岁以下，一月以上的婴儿杀绝。程婴找来赵盾生前的至交公孙杵臼商议，公孙杵臼说："养育孤儿和死，哪件事容易做呢？"程婴回答："死容易，养育孤儿难。"公孙杵臼说："赵盾生前待你最好，你去做难做的事情。让我去做容易的事情吧！"于是程婴献出家中和赵氏孤儿一般大的亲生儿子，让公孙杵臼带走。程婴便向屠岸贾告发公孙杵臼私藏赵氏孤儿，屠岸贾派人从公孙杵臼家里很快搜出了假的赵氏孤儿。公孙杵臼当着众人的面，大骂程婴忘恩负义，他一边骂一边苦苦哀求："杀我可以，孩子是无辜的，请留下他一条活命吧！"屠岸贾置之不理，又命令程婴亲手拷打公孙杵臼，公孙杵臼悲愤异常，触阶而死。狡猾的屠岸贾又当着程婴的面，把婴儿猛然掷在地上，举起剑将婴儿剁为三段。程婴亲眼看着自己的亲生儿子惨死在利剑之下，强忍着悲痛，始终不露破绽。就这样全国的婴儿得救了，赵氏孤儿也保住了。

屠岸贾以为赵氏孤儿真的被杀死，十分高兴。便收程婴为门客，将其子程勃（真正的赵氏孤儿）认作义子。屠岸贾非常喜欢这个义子，所以教了程勃许多武功。二十年过去了，赵氏孤儿长大了，程婴觉得是告诉赵氏孤儿真相的时候了，于是把他叫到跟前，给他讲述了一切。赵氏孤儿痛恨不已，决意报仇。他们把屠

岸贾请到家里做客，在宴席上赵氏孤儿杀死了屠岸贾，在他临死时，告诉他：自己就是赵氏孤儿。此后赵氏的冤情大白于天下，人们佩服程婴的忠义，敬重公孙杵臼的忠烈。直到今天，赵氏孤儿的故事还常常被人们讲述。

## （三）《连环计》

三国时候，有个奸臣叫董卓，他作恶

多端，许多人想杀掉他，以解民恨。司徒
王允也一直想为国除害，杀掉董卓。一天
晚间，他拄着拐杖到后园中散步，正为无
计可除董卓而仰天垂泪，忽听有人在牡
丹亭旁长吁短叹。王允过去一看，原来
是府中歌伎貂蝉。貂蝉自幼被王允收养
在府中，学习歌舞弹唱，有闭月羞花之
容，王允待她像亲生女儿。王允起初以
为她是为儿女私情而深夜于此长叹。过
去询问，才知道她是蒙王允养育之恩，
常思回报。王允见状，计上心来，便把貂
蝉请到画阁中，向她流泪跪拜说："汉家
天下全寄托在您的身上了！奸臣董卓，
阴谋篡位；朝中文武，束手无策。董卓有
一义儿，姓吕，名布，骁勇无比。董、吕二
人都是好色之徒。我打算用连环计，先
将你许嫁吕布，然后献给董卓。你
便从中找机会离间他二
人反目成仇，
让吕布

杀掉董卓，为国家除掉大患。不知您同意否？"貂蝉神情坚毅，当即表示甘愿献身实行"连环计"，替天行道。

第二天，王允便请出色的工匠把家里收藏的数颗宝珠制作一顶金冠，使人秘密送给吕布。吕布得到金冠大喜，忙亲自到王允府上致谢。王允便宴请吕布，吕布酒至半酣时，王允叫貂蝉盛妆而出，与吕布相见。貂蝉媚态万千，在吕布面前舞剑助兴，并时不时地与吕布眉目传情。吕布仗着几分酒意，对貂蝉的爱慕溢于言表。王允见吕布已经中计，便趁机指着貂蝉对吕布说："我想将小女送给将军为妾，不知将军意下如何？"吕布大喜过望，连忙拜谢，回到家后，只盼王允早送貂蝉过来。几天后，王允趁吕布不在，便请董卓来家中赴宴。王允又唤貂蝉出来以歌舞助兴。董卓很快为貂蝉曼妙的舞姿和美丽的容颜所倾倒，赞不绝口。王允便说："这是我家歌伎貂蝉。我想将她献给太师，不知太师肯收留吗？"董卓听后，高兴不已，再三称谢。席散后，王允即命先将貂蝉送到董卓府里，然后亲自送董卓回府。吕布听说貂蝉到了干爹府上，便到王允这里打探，王允又骗吕布说："太师已经带貂蝉回去与你完婚。"吕布信以为真。第二天早晨,吕布高兴地来到董卓府上打探貂蝉的消息。董卓的侍妾告诉吕布:"昨夜太师与新人共眠,至今未起。"吕布听后大怒,从此怀恨在心。

董卓一日入朝议事,吕布拿着戟跟随在后面。吕布趁董卓与献帝交谈的机会,骑马来到董卓府上来见貂蝉。貂蝉请吕布到后花园里的凤仪亭中互诉衷肠。貂蝉眼泪汪汪地对吕布说:"自初见将军,我即暗暗以身相许。谁想太师起不良之心,将我占有。自入相府,我即痛不欲生,只因未与将军一别,故忍辱偷生至今日。今日既已与您相见,我当死于君前,以明我志!"说罢,即手攀曲栏,往荷花池里跳。吕布慌忙抱住貂蝉,貂蝉顺势倒在吕布怀里,娇羞万千。董卓在殿上,回头不见了吕布，心中怀疑，忙辞了献帝，登车回府。寻入后花园，见吕布正在凤仪亭下抱着貂蝉，戟倚在一边。董卓勃然大怒，大喝一声。吕布忽见董卓到来，慌忙便跑，董卓抢过戟，追赶吕布。因董卓体胖，追赶不上，便掷戟刺吕布，吕布把戟打落在地上，夺门而逃。董卓回后堂问貂蝉道："你为何与吕布私通？"貂蝉流泪说："我在后园看花，吕布突然而至，我见其居心不良、动手动脚，便欲投荷花池自尽，却被这混账抱住。正在生死之间，幸亏太师赶到救了性命。"董卓老奸巨猾，想试探貂蝉的心，便又说："我想将你赐给吕布，何如？"貂蝉闻言大惊，哭道："妾宁死不辱！"边说边抽下壁上的宝剑就要自杀，董卓连忙劝住。

　　董卓即日带貂蝉还坞，百官都去拜送。车已远去，吕布凝望着车尘，叹息痛恨。王允装作惊讶地问道："这么长时间，还未将小女

送给您？"吕布恨恨地说："已被老贼占为己有了！"王允佯装不信，吕布便将经过——说给王允听。王允听罢，半晌不语，良久才说："想不到太师作出此等禽兽之行！"便请吕布到家中商议。商议之间，王允又激吕布说："太师淫我之女，夺将军之妻，诚为天下耻笑。然而我是老朽无能之辈，无所谓，可惜将军盖世英雄，亦受此污辱！"吕布怒气冲天，拍案大叫："誓杀董贼，以雪我耻！"王允见时机成熟，便说："将军若扶持汉室，便是忠臣，当流芳百世；若助董卓，便是反臣，当遗臭万年。"吕布闻言即拔刀刺臂出血，誓杀董卓。王允跪谢说："大汉天下，全仰仗将军了！"随即，二人又请孙瑞、司隶校尉黄琬共商诛董卓之策。最

后决定请当初为董卓劝降吕布的李肃，
奉献帝诏书前往请董卓入朝议事。同时，
让吕布奉献帝密诏，带领甲兵伏于朝门
之内，待董卓入朝时将其杀死。李肃因董
卓不迁其官也怨恨他很久，因而欣然依
照计划到坞，奉诏宣董卓入朝。董卓不知
因由，带着貂蝉登车回朝，群臣迎接在半
道。到入宫的北门时，董卓所带军兵都被
挡在门外，只让董卓及其车夫进入宫内。
董卓被貂蝉迷得神魂颠倒，根本没感觉
到危机四伏，慢慢地进入宫中。吕布见董
卓入宫，率伏兵一拥而上，将董卓刺死于
殿门之前。随后王允、吕布等又派人擒杀
董卓死党李儒等人，并派军队前去抄了董
卓的家。民众拍手称快，都赞王允的智谋
超群，貂蝉的勇气非
凡。从此，貂蝉之名一直
流传于民间。

# 四、侠义公案故事

## （一）《窦娥冤》

古时候的山阳县（今淮安府城中），有一位叫窦娥的女子。这是一位善良而多难的女子。她出生在书香之家，父亲窦天章是一位自幼研习儒业，饱读文章的书生。但在窦娥3岁的时候，她的母亲去世了，从此年幼的窦娥就与父亲相依为命。父亲一心想博取功名，但多年的努力，最

终没能成功，家里也因此变得越来越穷。幼小的窦娥在逆境中却养成了孝顺父亲、勤劳善良的品格，生活中的苦难将她渐渐磨砺成了一个坚强的女子。

又是一年朝廷取士之际，父亲窦天章又有心进京应试，但苦于无处安置女儿。邻居有位蔡婆婆，带着一个儿子，母子俩靠放债取息过日子。窦天章没有钱的时候常向蔡婆借贷，这次窦天章又去向蔡婆寻求帮助。蔡婆早就耳闻窦娥是

一个聪明伶俐、善解人意的好孩子，又知
道窦天章无力偿还债务，便心生一计，劝
说窦天章把女儿卖与她做童养媳。窦天
章无奈，为了前程，不得不把女儿卖给了
蔡婆。从此窦家欠蔡婆的钱一笔勾销。但
父亲承诺一旦高中，一定回来赎回窦娥，
心如刀绞的父亲与泪眼汪汪的窦娥挥手
告别。

父亲一去竟杳无音信。后来蔡婆带
着孩子搬了家。小窦娥在蔡婆家里洗衣
做饭，任劳任怨，深得蔡婆的喜欢。转眼
几年过去了，窦娥出落成了一位亭亭玉立
的少女，蔡婆就让窦娥与儿子圆了房。窦
娥婚后夫妇恩爱，日子还算幸福。谁料不
久，丈夫就得了重病，很快就死掉了。窦
娥随即变成了寡妇。蔡婆承受不住失去
儿子的痛苦病倒了。窦娥忍着内心的痛
苦，更加孝顺婆婆，她深信一女不嫁二夫
的教条，对婆婆悉心照顾。如果没有后来
的变故，窦娥也许就和婆婆这么相依为

命地过下去。人生多变，世事难料，窦娥的苦难还在后头。

蔡婆做的是放高利贷的生意，因此许多人都借了蔡婆的钱。其中有一个叫赛卢医的人，他借了蔡婆的钱无力偿还，看蔡婆已是上了年纪的妇人，于是就起了杀蔡婆之心。有一天在蔡婆讨债回家的路上，赛卢医拦住了蔡婆，他见四下无人，于是就拿出刀想杀死蔡婆。蔡婆大叫救命，正好张驴儿父子从此经过，父子俩打走了赛卢医，救了蔡婆。谁知张驴儿父子也不是什么好人，他们父子俩都是光棍，对蔡氏婆媳垂涎已久，只是苦于没有时机。自从救了蔡婆，张氏父子就有事没事地去蔡婆家里蹭吃蹭喝，窦娥对他们是讨厌至极。窦娥做了寡妇以后，他们更是蛮横无理，厚颜无耻地要"入赘"蔡婆家里。蔡婆因他们救过自己的命，竟半推半就地应承了张氏父子的要求。窦娥早就厌恶他们，当然是坚决不从，儿子张驴儿

于是怀恨在心，一心想要报复窦娥。

蔡婆病倒了，张驴儿见窦娥一人照顾蔡婆，知道报复的时机到了。一日，蔡婆精神稍微好了点，想吃一碗新鲜羊肚儿汤，窦娥连忙去集市上买了羊肚儿，亲手为婆婆做了汤。张驴儿一阵窃喜，趁窦娥离开厨房的空隙，他在热腾腾的羊肚儿汤中，撒了一包毒药，就等着毒死蔡婆，好逼窦娥改嫁。窦娥把汤端给婆婆，蔡婆猛觉得腥膻难闻，连连呕吐，窦娥没办法，只得把汤放回厨房。此时张驴儿的父亲经过厨房，羊肚儿汤的香味飘进了他的鼻孔，他恶狠狠地想："死老太婆，竟然背着我偷吃好吃的。"于是他端起碗将一碗汤喝得干干净净。他满意地打着饱嗝，可顿时觉得腹痛如绞，只见他五官扭曲，七窍流血，不一会就倒地身亡了。这突如其来的事故，让窦娥与蔡婆不知所措。

张驴儿当即

心生歹念，嫁祸于窦娥，扬言要到官府告发窦娥，实则想让窦娥听从他的摆布。窦娥早就看透张驴儿的凶恶嘴脸，她相信自己的一身清白，不怕与张驴儿对簿公堂，相信官府能判个一清二楚。

岂料县太爷桃杌是一个是非不分、偏听偏信、胡乱判案的贪官。他听信张驴儿的谗言，收了张驴儿的贿赂，不问青红皂白，就把窦娥押到公堂，将无辜的窦娥打得"一杖下，一道血，一层皮"。但窦娥宁死不屈。他们知道窦娥是孝妇，于是就把重病的蔡婆带到公堂，要进行严刑拷打。窦娥想到年迈的婆婆要是遭此毒打肯定性命难保，为了使婆婆免受毒打，她忍受着剧痛、屈辱和不公，不得不含冤招认，无辜受罪。婆婆为儿媳哀哀哭诉，县官命人速将蔡婆拖出公堂。

窦娥屈打成招收监听候发落，等到行刑的那一天，观者人山人海。蔡婆跌跌撞撞赶到行

刑法场，婆媳俩生离死别，哀情感天，媳
妇说："婆婆啊！我死后，再也无人照顾
您了，您自己要多加保重！"婆婆泣不成
声。窦娥被刽子手绑得不能动弹，满腔的
怒火和怨气，喷薄而出，她骂天骂地："地
也，你不分好歹何为地？天也，你错勘贤
愚枉做天！"并且发出三桩奇异的誓愿：
血飞白练、六月飞雪、亢旱三年。窦娥悲
愤的呼号回荡于天地间，突然山阳县天
空阴云密布，天色骤暗，一阵冷风袭向人
间，六月骄阳隐去，天空中纷纷飘落下片
片鹅毛大雪。县官被这无常的变化吓得
心惊胆寒，命人立即行刑，刀过之处，人
头落地，窦娥的一腔热血，果真全溅到了
高高悬起的白练上，落雪三尺静静掩埋
了窦娥的尸体。

　　窦娥含冤而死，冤魂一直不散，她四
处游荡寻找伸冤的机会。不久传来消息
说，朝廷派一位钦差大臣到山阳县来。窦
娥的冤魂在一个晚上到了钦差大臣的书

房。窦娥发现那位伏案读文卷的钦差正是自己的父亲窦天章。窦娥欣喜万分，激动地向父亲哭诉自己的冤情，但人鬼两个世界，父亲已经感觉不到窦娥的存在了。窦娥看到桌上的文卷，于是不停地翻着那份放在角落里的有着自己冤狱的案卷。窦天章感到蹊跷，于是仔细看了这份文案，发现里面有窦娥和蔡婆，口里不禁说道："难道是我寻找多年的女儿。"窦娥连忙将桌上的油灯扑灭，这样反复几次，窦天章明白了，女儿已经冤死。顿时心如刀绞，痛不欲生。

第二天天刚亮，窦天章就升堂审理此案。差人带来张驴儿、蔡婆、山阳县县令及众位邻居，一审，再审，取证口供，终于将此案审理清楚。张驴儿处死，县令罢官，年老无助的蔡婆由窦天章收留抚养。

感天动地窦娥冤一案，终于真相大白。三年之中，山阳县境内一直大旱无雨。

（二）《灰阑记》

宋朝时，河南郑州有位刘氏，嫁给了一户姓张的人家，生了一男一女。张家祖传七辈都是科第人家，到刘氏丈夫这一辈，却家业凋零，生活困苦。不想丈夫又早早死去，留下母子三人相依为命。儿子叫张林，刘氏也曾请先生教他读书写字；女儿叫张海棠，也生得姿色尽有，聪明智慧。

刘氏年纪渐老，家中日子也过得更加艰辛，迫于生计，便让女儿海棠去卖俏

求食。附近有个财主叫马均卿，因他幼习儒业，颇通经史，再加上家中有几贯资财，所以人们都称他马员外。这个马员外生平酷爱风流，最爱寻花问柳。他见海棠年轻貌美，便经常找她吃酒调笑，时间久了海棠也对其有了情意，两意相投，很快两人到了你嫁我娶的地步。可惜海棠母亲一直不肯应允。海棠的哥哥张林对妹妹从事这种辱门败户的勾当很是恼怒，整日讥讽海棠，母亲和海棠很是不快，海棠便以无能力养家激将哥哥张林，张林一气之下辞别母亲，到汴京追寻舅舅去了。

一日，马员外又来海棠家里商议此事，这次他备了丰厚的彩礼来。刘氏对儿子张林的气还未消，马员外的到来给她添了一丝欣喜。马员外拿出特备的白金百两，作为求亲的聘礼，并保证过门之后，不会让海棠受苦。刘氏见马员外说得诚恳，心里高兴，便答应了亲事。马员外趁张林不在家，便把海棠娶回家中。

马员外的大娘子是一个酷爱打扮，行为放荡的女人，虽长得相貌丑陋，但化妆打扮过后，也有几分妖艳。她瞒着马员外，与衙门里一个姓赵的令史有了苟且之事。赵令史也是一个风流人物，那一日被马员外请到家里吃酒，偶然看见了他的大娘子，岂知王八看绿豆，两人就对上眼了。大娘子一心想和赵令史做个长远夫妻，所以整日计谋除掉马员外。张海棠嫁到马家后，与马员外也还恩爱，与大娘子相处还算平和，日子过得清净舒心。不久给马家生了一个儿子，取名叫寿郎。一转眼五年过去了，如今儿子五岁了，海棠母亲也亡故了。

这天，大娘子又把赵令史叫来，密谋毒死马员外，好做个长久夫妻。赵令史早就有此意，两人一拍即合，赵令史把早已准备好的毒药拿给了大娘子，大娘子把毒藏好，等待机会下药。忽想起今日是寿郎孩儿的五岁生日，忙领上孩子和员外到各寺院去烧香拜佛。留海棠在家操持饭菜。海棠在家等得心急便到门前探望，不想碰到了哥哥张林。

张林自从离开家后，没寻到舅舅，却跟一个道士出去云游，途中盘缠用尽，还得了病，典当了衣服才走回家来。见家中母亲亡故了，居房也没了，不知该怎么办。听说妹妹嫁给了马员外，家中有些钱财，便想来借点使用。可巧见到了站在门口的妹妹。海棠见哥哥衣衫褴褛地前来借钱，对其奚落一番，以解当年的心头之气。张林惭愧难当，希望妹妹能不计前嫌，借给自己一些银两，好谋个生计。海棠在家里并没有掌管家计，都是马员外与大娘子做主，所以不敢私自给哥哥钱财，奉劝哥哥回去，不要再来。张林不肯回去，站在门口指望马员外来了能给些情面，借给自己一些。海棠退回家中，不再出来。

　　恰巧大娘子从寺庙里先回来了，见一人站在门口，问后知是海棠的哥哥，告诉他自己是马员外的大娘子。张林说明来意，大娘子说家中财产都是海棠掌管，

自己做不得主。她责怪海棠太绝情，答应
回家帮着向海棠讨一些来。张林心想：真
是一个贤惠的夫人。大娘子进入家中，让
海棠把衣服头面送给哥哥，海棠说那是
员外给的，怎么敢给哥哥。大娘子说员外
问起，她会担待着，让海棠赶快解下送给
哥哥。海棠见大娘子许诺，忙解下自己的
衣服头面要去送给哥哥。大娘子忙拿过
来自己去送。大娘子来到门外，说海棠放
着许多衣服头面，一些不肯给。这几领衣
服，几件头面，都是爹娘给自己的陪嫁，
拿来送给舅舅。张林感谢大娘子救助之
恩，怨恨妹妹太狠心，不顾念一点手足之
情。他拿走衣服头面，兑换了一些银两，
去做了开封府公人。

马员外回到家中，见海棠的衣服头面不见了，问其原因。大娘子说："今日我和员外去烧香，海棠在家中把衣服头面都给奸夫拿去了，她正要另寻其他衣服头面，被我先回来撞见了，是我不许她再穿衣服，重戴头面，只等员外回来，教训她一番。"马员外一听火冒三丈，叫出海棠来便毒打一顿，对海棠的解释丝毫不听，海棠只有忍气吞声。马员外气得心慌，想喝碗汤，大娘子便让海棠去做汤。海棠做好端给大娘子，大娘子试尝说汤少盐，便让海棠去取，这时大娘子瞅准时机，把毒药撒在碗里。海棠取盐回来，便让海棠去端给马员外喝，马员外喝了汤，立刻毒发身亡。大娘子见员外已死，便草草埋葬，用告官来威胁海棠，让其留下孩子，离开马家。海棠知自己是被冤屈，便同她对簿公堂。

郑州太守苏顺是一个只认钱财不认人的贪官，百姓们非常厌恶

他，为他起个绰号，叫做模棱手。这次有苏模棱来审理海棠一案，大娘子恶人先告状，告海棠毒死丈夫马员外，又要霸占她的孩儿。海棠告大娘子两面三刀，诬陷自己，孩子是自己生的，不是大娘子的。苏模棱叫街坊邻居来作证，街坊邻居都说孩子是大娘子的，苏模棱便将海棠乱棍毒打一顿。海棠不知这太守苏模棱早已被赵令史买通，街坊邻居也被大娘子拿钱打点好。海棠经不住三番五次的拷打，便画了押认了罪。苏模棱派了两个解子,押海棠去开封府定罪。

去开封府的路上,大雪纷飞,海棠带着沉重的枷锁,行动更是缓慢,两个解子便不停地呵斥、催打,海棠痛苦不堪。张林去了开封府后,做了开封府五衙都首领,今有公事在身,从此路过,恰巧遇到了妹妹张海棠,海棠认出哥哥,忙拼命大叫道:"哥哥救救我。"张林不理,继续赶路。海棠追上,扯住哥哥衣服说道:"哥哥,你妹子这场天来大祸,都在这衣服头面上起的。你妹子当初不敢将衣服头面给你做盘缠使用,也是怕那妇人。岂知她让我解下来自己给哥哥拿去,待员外回来时,却说我养着奸夫,将衣服头面都送奸夫了,气得员外毒打我,她又用毒药暗地谋死员外,倒把你妹子拖到官府,定个药杀亲夫、混赖孩儿的罪名。你妹妹冤枉啊!"张林知道真相,才知错怪了妹妹,见妹妹冻得厉害,便带

妹妹到路边的酒店吃杯酒。张林告诉妹妹不必担心,自己会帮她洗脱冤屈。

赵令史知海棠要被押往开封,便买通两个押解的公差,让他们不必远去,找个偏僻处弄死海棠便来回话。等了好长时间没来回话,担心事有可疑,便和大娘子亲自去开封打探一遭。走到半路见到一酒店,也进去取暖,被海棠一眼认出,张林出手敏捷,将这对奸夫淫妇捉拿在手,两个公差也被打倒在地。张林护着妹妹,扭带着其他四人赶往开封府。

　　开封府尹包待制,办案清正严明,刚正不阿,皇帝赐他势剑金牌,令其体察贪官污吏,与百姓申冤理枉,容他先斩后奏。为此权豪势要之家,闻他之名,尽皆敛手;凶暴奸邪之辈,见他之影,无不寒心。人们尊称他"包青天"。张林就在他手下当差。这日包大人见郑州申文,说一妇人唤做张海棠,因奸药死丈夫,强夺正妻所生之子,混赖家私,此系十恶大罪,决不待时。包大人想,药死丈夫,恶妇人也,常有这事。只是强夺正妻所生之子,儿子怎么好强夺的?况奸夫又无指实,恐其中藏有冤枉。包大人便暗地吊取原告,并让证人到来,重新审理。

　　张林一班人来到开封,忙到公堂听审,包大人已等候多时。张林安慰妹妹,不用害怕,包大人会给翻案的。包大人威严地坐在高堂之上,问海棠道:"张海棠,你怎么因奸药杀丈夫,强夺正妻所生

之子，混赖他家私，你逐一从头诉与老夫听。"张林跪下忙替妹妹回答道："禀大人，这张海棠并无奸夫，他不曾药杀丈夫，也不曾强夺孩儿，也不曾混赖家私。都是马家大娘子养下奸夫赵令史，告官时又是赵令史掌案，其实是屈打成招的。"包大人呵斥张林，怪他乱讲话，要拿下杖打三十。张林说怕妹妹胆怯，说不出真情，自己替他代诉。包大人念他兄妹之情，不再追究。对海棠说："你只管细细说实话，老夫与你做主。"海棠哭泣着向包大人讲述了整个事件。包大人听后沉思片刻，让下人张千取石灰来，在阶下画个栏儿。把那孩儿放在栏内，让两个女人拽，说道："若是她亲养的孩儿，便拽得出来；不是她亲养的孩儿，便拽不出来。"两个女人便去抢那孩子，孩子不是大娘子亲生的，大娘子便生拉硬扯。张海棠十月怀胎，一朝分娩，见孩子痛苦，心如刀绞，便撒手放弃，大哭不止。包大人见后微微一笑，说道："老夫已知真相，奸夫淫妇还不认罪？"大娘子一伙面如死灰，只得跪地求饶。包大人道："一行人听我下断，郑州太守苏顺，贪污受贿，革去冠带为民，永不叙用。街坊老娘人等，作伪证各杖八十，押解人员受财，杖一百，发配充军。奸夫淫妇，用毒药谋死马均卿，强夺孩儿，混赖家私，凌迟处死，各剐一百二十刀处死。所有家财，都付张海棠掌管。孩儿寿郎，归其抚养。张林与妹回家，免其差役。"从此，包青天智勘灰阑记的故事广泛流传。

# 五、神仙道化故事

## (一)《梦黄粱》

唐代河南府有一人，姓吕名岩，字洞宾。吕洞宾自幼攻习儒业，如今饱读诗书，上朝进取功名。走到邯郸道黄化店时，饥渴难耐，于是进店吃点茶饭。见店中有一婆婆在烧火，吕洞宾忙拿出口袋里的黄粱，又给那婆婆二百文钱，央求快给做顿黄粱饭吃。吕洞宾对那婆婆说："我急着赶路，你快些。"婆婆道："客官你好性急，很快就好。"婆婆拿了黄粱去做饭。

吕洞宾坐在店里等待饭熟，"原来神仙在这里。"话落一道士走进店来，洞宾观看此人，只见其神采奕奕，有仙风道骨之气。洞宾说道："先生好道貌也！"道士和气地询问："敢问足下高姓？"洞宾道："小生姓吕名岩，字洞宾。"道士又问："你往哪里去？"洞宾答道："上朝应举去。"道士哈哈一笑道："你只顾那功名富贵，全不想生死事急，无常迅速。不如跟贫道出家去吧。"洞宾生气道："你这先生，敢是发疯了，我学成满腹文章，上朝求官应举去，可怎生跟你出家！你出家人有什么好处？"道士道："出家人自有快活处，你怎知道？"道士神情自若地说了些许出家的好处。吕洞宾不屑地回道："这先生开大言，似你出家的，有什么仙方妙诀，驱的什么神鬼？"道士答道："我

驱的是六丁六甲神，七星七曜君。食紫芝草千年寿，看碧桃花几度春。常则是醉醺醺，高谈阔论，来往尽是天上人。"吕洞宾笑道："我做了官，居兰堂，住画阁，也有受用处，你这出家人，无过草衣木食，干受辛苦，有什么受用快活处？"道士又说："我那里地无尘，草长春，四时花发常娇嫩。更那翠屏般山色对柴门，雨滋棕叶润，露养药苗新。听野猿啼古树，看流水绕孤村。"洞宾问道："我学成文武双全，应过举，做官可待，富贵有期。你叫我出家去，怎知我做得神仙？"道士忙道："你自不知，你不是个做官的，天生下这等道貌，是个神仙中人。常言道：一子悟道，九族升天。不要错过了啊。"洞宾不以为然道："俺为官的，身穿锦缎轻纱，口食香甜美味。你出家人草履麻绦，餐松啖柏，有什么好。"道士见说不动吕洞宾，不禁叹道："功名二字，如同那百尺高竿上调把戏一般儿。"说话之间，洞宾见婆婆还没把饭做好，不觉神思困倦，想趴在桌上打个盹，可不知不觉就进入了梦乡。

吕洞宾梦中见婆婆还没做好饭，怕误了行程，便急忙骑驴上路了。洞宾以自己的文武双全，果然中了举，朝廷封他做了兵马大元帅。朝廷有个高太尉，他的夫人死得早，身边只有一个女儿，叫翠娥。高太尉见吕洞宾好武艺，就招他做了女婿。一晃十七年过去了，吕洞宾和翠娥生了一儿一女。近日蔡州的吴元济反叛，很是猖獗。朝廷派吕洞宾领兵征讨。吕洞宾临行，岳父高太尉来送行。高太尉道："孩儿，你此一去，家里的妻儿有我照顾，不必担心。你与国家好生出力，千经万典，忠孝为先。你须恤军爱民，不义之财，不要贪图。岂不闻金玉满堂，未之能守。我这般说，怕你因执掌军权而重利轻义，失了道心，你一定要记住。"岳父说完与吕洞宾饮酒作别。吕洞宾遂率领部下向蔡州进军。

高太尉的女儿翠娥是一个不安分的女人，虽和吕洞宾做了十几年夫妻，生了一儿一女，但还是风流成性。如今，父亲在吕洞宾出征不久后亡逝了，丈夫也不知何时出征回来，就和魏尚书的儿子魏舍勾搭在一块。一日，魏舍又来高太尉府上，见前后没人，叫了一声："高大姐，开门来。"翠娥听到

魏舍的叫声连忙摇曳生姿地来开门。两人忙进到房里，打开吊窗，尽情地吃酒调笑。吕洞宾走后，统领着三军，到达阵上，吴元济见不是吕的对手，于是拿出大量金银珠宝诱买吕洞宾。吕洞宾见钱眼开，把岳父的叮咛早已抛到九霄云外。连忙卖了阵，带着珠宝，领军回府。吕洞宾正好这日回到家来，见家门口前后没一人，老院公也不见，夫人也不知在哪里。就去卧房寻找，刚到卧房门口听到说话声，吕洞宾停步侧耳倾听，只听一男子道："若阵亡了吕洞宾，我就娶你。"翠娥道："他死了，我不嫁你嫁哪个？"吕洞宾火冒三丈，踏门而入，见翠娥衣衫不整，神色慌张，怒叱道："你这个淫妇，奸夫在哪里？"翠娥忙调整神色答道："什么奸夫，就我一个人。"不想魏舍跳窗急走，帽子落在房里。洞宾拿起帽子再三逼问，翠娥死不承认，气得吕洞宾当场想杀这淫妇。正在这时，老院公赶来，见洞宾要杀翠娥，急忙制止。老院公告诉吕洞宾高太尉半年前就亡故了，家里的事太尉嘱托给了他。如今见翠娥犯下这等错误，老院公一边自责，一边责怪翠娥，但还是请求洞宾饶恕翠娥。吕洞宾念在夫妻之情，看在两个孩子的分上，心一软饶了夫人。

吕洞宾回家不久，朝廷就知道了他卖阵的事，一道圣旨传来，发配吕洞宾到沙门岛去。吕洞宾此时悔恨万分，怪自己不听岳父的话，贪财断送了自己的前程。洞宾知道自己这一去生还渺茫，于是写了一纸休书，任妻子改嫁。翠娥对丈夫没有半丝怜悯，拿到休书，收拾好东西，丢下儿女，急忙嫁魏舍去了。吕洞宾被戴上沉重的枷锁，领着一双儿女押解上路。走到一处深山旷野中，押解的人见吕洞宾一家三口可怜至极，心有不忍，就放了他们。天下起了茫茫大雪，爷仨在山谷中迷了路，饥寒交迫的他们，很快

就晕倒了。醒来时看到一个樵夫，是樵夫救了他们爷仨的命，樵夫给他们指了一条生路，吕洞宾谢过樵夫，带着孩子又上路了。他们来到了一处山脚下，看到一座草庵，庵里住着一个老尼姑，尼姑认识吕洞宾，但不肯收留他们爷仨住宿。只因她有一个吃了酒就会杀人的儿子，吕洞宾再三请求，老尼姑才留下了他们。两个孩子正吃着东西的时候，一个凶神恶煞、满身酒气的壮士冲进庵里，看见两个孩子，二话不说就要将孩子摔死。吕洞宾大惊，要去官府状告此人。壮士拿起钢刀架在洞宾的脖子上，猛地砍了下去。吕洞宾大叫一声："有贼杀人也！"醒来才知是一场大梦。见道士还在，一切如旧，问道士自己一觉睡了几时，道士答道是十八年。吕洞宾感到惊奇，不知道士如何知道。忽然想到自己要赶路，忙问婆婆饭熟了没，婆婆说还欠一把火。吕洞宾一梦过后，不禁感慨万千。道士随之点破了梦中玄机，知梦中之人都是道人和婆婆所化，原来此道人就是神仙钟离权，婆婆则是骊山老母。吕洞宾心有所悟，愿随道士出家。钟离权哈哈大笑，赋诗一首：汉朝得道一将军，故来尘世度凡人。十八年来一梦觉，点化唐朝吕洞宾。此刻，东华帝君领群仙驾到。东华帝君道："吕洞宾你既省悟了，一梦中十八年，见了酒色财气，人我是非，贪嗔痴爱，风霜雨雪。前世面见分明，今日同归大道。位列仙班，赐号纯阳子。"后人有云：你不是凡胎浊骨，迷本性人间

受苦。正阳子点化超凡，又差下骊山老母。一梦中尽见荣枯，觉来时忽然省悟。则今日证果朝元，拜三清同归紫府。

## （二）《陈抟高卧》

五代十国时期，天下大乱，民不聊生，各路英雄豪杰招兵买马，准备有朝一日一统天下。其中有一人叫赵玄郎，祖上是洛阳夹马营人氏。父亲叫洪殷，是殿前点检指挥使。传说赵玄郎出生时，身上带有奇异的香气，并且三个月不散，所以人们又都叫他香孩儿。这孩儿生来颇有奇志，幼年间略读诗书，兼习枪棒，逢场作戏，遇博争雄。喝酒吃肉，路见不平，拔刀相助，颇生事端。因此避难也成了家常便饭，不过在远游避难途中，也交了许多生死之交，英雄豪杰。其中有个义弟叫郑恩，此人虽是性子恶劣，倒

也慷慨粗直，与他患难与共，同谋举兵大计。但二人又不知这鸿运何时来临，便想去找个卖卦先生算上一卦，以问吉凶。

在西华山中，有一个隐居的道士叫陈抟，此人能识阴阳妙理，兼通遁甲神书。因见五代间世路干戈，生灵涂炭，朝梁暮晋，天下纷纷，便隐居在太华山中，以观时变。近几日在山顶上观中原气象，见中原旺气非常，知是有真命天子即将出现。于是下山来到汴梁竹桥边，开了个卦肆指迷，等待真人的到来。一日，赵玄郎带着义弟郑恩便来到了这竹桥边，见一卦

肆，二人便进入其中，见一道士口中念道：
"伏羲以上无人定，仲尼之下无人省。我
下的数又真，传的课又灵。待要避凶趋吉
知天命，试来帘卜问君平。"赵玄郎不禁
失口称赞道："兄弟，好个先生也！"郑恩
摸不着头脑问道："哥哥怎见得？"赵玄
郎道："数言之间，包罗古今上下，参透阴
阳表里。"郑恩疑惑地附和道："是好先
生，我们再听他说一会儿。"二人又细听
道士念道："凭着八字从头断一生，叮咛
不教差半星。论旺气，相死囚，凭五行。
似这般按夺鬼神机，预知天地情，堪教高
士听。"赵玄郎与郑恩见此人有点道术，

便前去买了一卦。二人走到道士跟前，深鞠一躬，让先生为自己看一看。道士上下打量二人一番，微微一笑，心道："真人来啦，真是踏破铁鞋无觅处，得来全不费工夫。天下生灵有救啦。"赵玄郎献上自己的生辰八字，让先生给自己算一卦。先生瞧完说道："这命是丙丁戊己庚，乾元亨利贞。正是一字连珠格，三重坐禄星。"赵玄郎忙问道："先生向后推推，看我流年大运如何？"先生又念道："你是南方赤帝子，上应北极紫微星。"先生说完邀请赵、郑到僻静处闲叙数句。赵玄郎道："先生有请。"先生忙说："二公先行。"

三人找了一僻静处坐下。算卦道士忽拜在赵玄郎面前，说道："早知陛下到来，本应远迎，接待不着，勿令见罪。"赵惊讶地叱道："先生，休得呼皇道寡，倘有人知，反速罪戾。"

先生不慌不忙回道："贫道阅人多矣，平生未见此命，他日必为太平天子也。"郑恩见其说得真切，也嚷着给自己算一卦，先生说他将来有做诸侯的命。郑恩欣喜若狂。赵玄郎见此道人谈吐非凡，心中也不免受鼓舞，说道："先生，实不相瞒，见五代之乱，天下涂炭极矣。常有拨乱反治之志，奈无寸土为阶。不知天下形势何处可守，何处不可守？"先生告诉他说，汴梁就是要害之地，更把此地作为要害的原因说得头头是道。赵玄郎知此道是高人，便想结识他，问了先生姓名，知道其是西华山中隐居的道士，叫陈抟，最喜欢睡觉修行。赵玄郎立誓，他日统一天下，便接先生共享荣华富贵。陈抟婉言谢绝。

汴梁一别，此后赵、郑二人南征北战，统领一方。陈抟算了这两君臣之命，便归到山中，醒时炼药，醉时高眠，倒也快活清闲。几年后，赵玄郎做了皇帝，也就是宋太祖。一日，使者党继恩领了一道圣旨，来到了这西华山请那陈抟先生。只见山中草木翠绿，鸟语花香，山泉潺潺，生机盎然，宛如人间仙境。见那云台观中一缕白云，上接云霄，想必是那先生隐居之处。党继恩来到观门口，见一金钟，便撞了几下，钟声响彻整个山林，惊起群群山鸟。陈抟不知何人撞钟，便循声而来，党继恩见翩翩一道从观中走来。便说道："下官党继恩，奉圣旨，领着安车蒲轮、币帛玄纁，到仙山来请先生下山。圣人甚是怀念，望

先生早些收拾出行。"陈抟道："贫道物外之人，无心名利，望天使回朝启奏。"党继恩道："今圣人在上，乾坤一统，万国来宾；山间林下，并无遗贤。况先生乃天子之故人，天下高士，自当归朝，以慰圣人之意。"陈抟道："我在山中看猿鹤知导引，观山水爽精神，伴着清风明月做个闲人。"党继恩见陈抟不答应，便又说道："久闻先生有黄白住世之术，不知先生可让我这个凡夫听听？"陈抟正色道："神仙荒唐之事，此非将军所宜问也。"党继恩忙回道："先生既如此说，何不仕于朝廷，为生民造福？"陈抟笑道："我只有住山缘，哪里有为官分！"党继恩恳求道："天恩不可辜负，请先生就上车出行吧。"陈抟无奈叹道："既蒙天使到来，圣恩不敢违背，必须下山走一遭去啦。"

陈抟被诏到了金銮殿上，看到昔日的赵玄郎今日已成为民众所拥护的天子，心中高兴一番。如今成为宋太祖的赵玄郎，

把陈抟敬为上宾，赐坐叙旧，感情甚是浓
厚。交谈之中邀请先生共同治理朝廷，
陈抟说自己是山野懒人，做不得官。太祖
道："先生为何做不得官？"陈抟说自己
除了睡觉再没别的喜好。太祖笑道："先
生若肯做官，寡人与先生选一个闲散衙
门，要一个清要的官职，无案牍劳形，必
不防于政事。"陈抟再三推辞，二人争辩
一番，把为官与出家的好处一一列举，但
太祖主意已定，陈抟不得不领旨待命。太
祖怕陈抟归山的心不死，就派昔日的义弟
郑恩去打理此事。郑恩如今也已做了汝
南王，接到太祖的命令，领着御酒十瓶，
御膳一席，宫中美女十人，来侍奉那陈抟
先生。见先生还没上朝，就派一个美女去

陈抟的卧室勾引他。美女使出浑身解数，陈抟正襟危坐，丝毫不为心动，最后呼呼大睡，美女无奈只得退出。郑恩只好亲自出马，见到陈抟道："下官退朝较晚，望先生不要见怪。"陈抟道："多谢大王不忘旧恩。"郑恩道："先生好神算，当日竹桥边，先生曾许我是个诸侯，今日果应其言。"说着又让美女上来敬酒，美女眉目传情，为陈抟敬酒，陈抟道："大王弄煞我也。"郑恩道："圣人有云：'食、色，性也。'好色之心，人皆有之。"又说："吾未见好德如好色者。先生独非人乎？独无人情乎？"陈抟道："贫道向来贪睡，我且睡片刻，大王休怪，请回吧。"郑恩无奈退出。回去禀告了太祖，二人感到惭愧，下令封陈抟为一品真人。陈抟谢绝，回到山中，从此悟道修炼，高卧于草庵，过着自由自在的生活。